CATALOGUE

D'OBJETS D'ART

TABLEAUX, DESSINS, MINIATURES,

BELLES ESTAMPES, BEAUX OUVRAGES A FIGURES,

OBJETS DE CURIOSITÉ

Et Collection de Médailles et Monnaies,

Qui composaient le Cabinet de feu M. **DUMONT,**

Membre de l'Institut,

Secrétaire perpétuel de l'École Impériale des Beaux-Arts,

Officier de la Légion-d'Honneur.

DONT LA VENTE AUX ENCHÈRES PUBLIQUES AURA LIEU

HOTEL DES COMMISSAIRES-PRISEURS,

RUE ROSSINI,

Salle n. 1,

LE LUNDI 13 FÉVRIER 1854 ET LES TROIS JOURS SUIVANTS

heure de midi.

Par le ministère de Me **CHAUTARD,** Commissaire-Priseur,

rue de la Sourdière, 31,

Et de Me **PERROT,** son confrère, quai des Augustins, 55,

Assistés de M. **DEFER,** Expert, quai Voltaire, 21,

Chez lesquels se distribue le Catalogue.

EXPOSITION PUBLIQUE

Le Dimanche 12 Février 1854, de midi à cinq heures.

PARIS

MAULDE & RENOU

IMPRIMEURS DE LA COMPAGNIE DES COMMISSAIRES-PRISEURS

Rue de Rivoli, 144.

1854

CATALOGUE

D'OBJETS D'ART

TABLEAUX, DESSINS, MINIATURES,

BELLES ESTAMPES, BEAUX OUVRAGES A FIGURES,

OBJETS DE CURIOSITÉ

Et Collection de Médailles et Monnaies,

Qui composaient le Cabinet de feu M. **DUMONT**,

Membre de l'Institut,

Secrétaire perpétuel de l'École Impériale des Beaux-Arts,

Officier de la Légion-d'Honneur,

DONT LA VENTE AUX ENCHÈRES PUBLIQUES AURA LIEU

HOTEL DES COMMISSAIRES-PRISEURS,

RUE ROSSINI,

Salle n 1,

LE LUNDI 13 FÉVRIER 1854 ET LES TROIS JOURS SUIVANTS

heure de midi.

Par le ministère de Me **CHAUTARD**, Commissaire-Priseur,

rue de la Sourdière, 31,

Et de Me **PERROT**, son confrère, quai des Augustins, 55,

Assistés de M. **DEFER**, Expert, quai Voltaire, 21,

Chez lesquels se distribue le Catalogue.

EXPOSITION PUBLIQUE

Le Dimanche 12 Février 1854, de midi à cinq heures.

PARIS

MAULDE & RENOU

IMPRIMEURS DE LA COMPAGNIE DES COMMISSAIRES-PRISEURS

Rue de Rivoli, 111.

1854

ORDRE DES VACATIONS.

CONDITIONS DE LA VENTE.

Elle sera faite au comptant.

Les acquéreurs paieront 5 pour cent en sus des enchères applicables aux frais de vente.

DÉSIGNATION SOMMAIRE.

TABLEAUX, MINIATURES, DESSINS.

Tableaux.

1 — **Abel de Pujol**, 1332. La Madeleine entourée d'anges. Composition cintrée.

2 — **Bertin** (d'après). Paysage composé.

3 — **Bidault**, 1839. Vue du pont de Saint-Maurice.

4 — Du même. La Vallée de Terni, sur le chemin de Rome à Florence. Paysage composé.

5 — **Boisseller**, 1830. Vue de l'église de la Trinité-du-Mont.

6 — **Bourguignon** (Jacques Courtois. dit le). Combat de cavalerie.

7 — **Canoletti** (attribué à). Vue du pont de Rialto, à Venise.

8 — **Cuyp** (Albert). Intérieur d'écurie. Un palefrenier panse un cheval blanc, tandis qu'un autre garçon d'écurie est couché sur le devant à droite.

4

23 — **Largillière**. Esquisse d'un tableau exécuté à l'occasion de la convalescence du roi Louis XIV, en 1687.

Cette esquisse diffère de celle de la vente Blondel n. 97 de notre catalogue, en ce qu'on n'y voit pas M. de Boucot présentant la statue de Louis XIV de Coysevox.

24 — **Latil**, 1830. Christ mort. Petite esquisse.

25 — **Laurent** d'Épinal, 1828. Jeune fille à sa fenêtre.

26 — Du MÊME. Un chien de Terre-Neuve.

27 — **Lafitte** (M.). Paysage. Des canards près d'une auge en pierre. Tableau exposé au Salon.

28 — **Lemasle**. Portrait de Jean-Jacques Rousseau, d'après Latour.

29 — **Mauzaisse**. Marius sur les ruines de Carthage. Esquisse peinte.

30 — Moines prêchant, etc. Deux esquisses par Mauzaisse.

31 — **Raphael** (d'après). Vierge à la chaise.

32 — **Rosselen**. Vue d'un moulin à eau.

33 — **Regnier**, 1834. Vue des ruines de Pierrefonds au clair de lune.

34 — **Renou**. Vue de Suisse. Paysage avec figures.

35 — **Remond** (M.). Vue prise à Almafi.

36 — Du MÊME. Rivage de Sicile à Tuza.

37 — Du MÊME. Ermitage de la Cava, à Naples.

38 — Du MÊME. Ruines antiques à Messine.

39 — Du même. Rivière de Gênes.

40 — Du même. Frosinone, Etats-Romains.

41 — Du même. Couvent de Saint-François, à Como.

42 — Du même. Entrée du port de Civita-Vecchia, par un gros temps.

43 — Du même. Civita-Castelna, le château.

44 — Du même. Salerne, d'après Michallon.

45 — Du même. Vue du Colysée.

46 — Du même. Vue d'Italie en 1834.

47 — **Taunay**. Marche d'armée dans un défilé. Beau tableau du maître.

48 — **Valayer Coster**. Une fleur dans un vase.

49 — **Terburg** (d'après). Un militaire offre de l'argent à une femme.

50 — **Van der Burg**, 1837. Vue du Vésuve. Tableau ovale.

51 — Du même. L'entrée d'un village.

52 — **Van Spaendonck**. Des grenades.

53 — **Van den Berghe** (Auguste). Vue du Vésuve.

54 — Du même. Escalier du palais des Empereurs à Rome.

55 — Du même. Vue du Vésuve.

56 — **Vernet** (attribué à Joseph). Vues de Tivoli. Deux tableaux en pendants.

57 — **Vinit** (M.-L.). Cimetière arabe à Alexandrie. Exposé au Salon de 1843.

58 — Du même. Vue extérieure du palais des Beaux-Arts.

59 — **Ecole française**, xviiie siècle. Sujet de l'histoire grecque.

60 — De la même. Apollon et les filles de Niobé. Esquisse peinte en grisaille, forme de frise.

61 — De la même. Les trois Maries au tombeau de Jésus.

62 — De la même. Socrate chez Aspasie, esquisse.

63 — **Ecole italienne**. Saint Jean prêchant. Esquisse.

64 — De la même. Portrait sur cuivre.

65 — Inconnu. Un Mameluck. Dans le fond du tableau, marche d'une caravane.

66 — De la même. Portrait du général ***.

67 — **David** (Ecole de). Tête de jeune homme.

68 — P. H. Talbot, né à St-Quentin, en 1756. Il est coiffé d'un bonnet rouge et tient une fourche. On lit sur le cadre : « *Débris d'une grande époque, 93,* » et sur le tableau : « *Paroles de Talbot : La société sociale de la manière dont nous sommes civilisés et ecolés assure que la vertu surpasse la fortune malaquise!!!* (sic).

69 — **Ecole moderne**. Des pêcheurs.

70 — De la même. Sanglier attaqué par huit chiens, plusieurs hors de combat.

71 — De la même. Une marine.

72 — De la même. Vierge et Enfant-Jésus.

73 — Paysages. Deux petits tableaux, par MM. *Dagnan* et *Regnier*.

74 — **Inconnu**. Le Masque-de-Fer.

75 — **Inconnu**. Badinage d'un enfant, peint sur zinc.

76 — Grisette mettant ses bas.

77 — La Religion. Esquisse peinte.

78 — Hibou peint. Deux tableaux.

79 — Esquisse de rocher.

80 — Femme sortant de l'eau.

81 — Deux petits tableaux d'incendie.

Miniatures.

82 — **Vestier**. Portrait en pied de madame Lebrun, peintre. Elle est à son chevalet. Jolie miniature.

Dumont père (François).

Peintre d'histoire et de portrait en miniature, élève de Girardet, né à Lunéville en 1751, mort en 183? membre de l'ancienne Académie de Peinture, en 1788.

83 — Portrait de Mandini, musicien italien. Belle miniature.

84 — Arnaud. Id.

85 — Anne Morichelli, paysanne frascatane. Id.

86 — Jeune femme assise, tournée vers la gauche. Id.

87 — Buste de femme vu de face. Id.

88 — Louis XVI en 1791.

89 — M. de Montesquiou, ministre de l'intérieur en 1814.

90 — Le même personnage. Dessin.

91 — Mademoiselle Alexandrine, artiste romaine en 1786.

92 — Madame Valayer Coster, peintre de fleurs, de l'Académie royale de peinture en 1769.

93 — Louis XVIII, Madame d'Angoulême et Charles X vues en pied. Belle et grande miniature sur ivoire.

94 — M. le comte d'Artois en 1776 et la comtesse d'Artois en 1777, et Madame d'Angoulême. Ces trois portraits en miniatures.

95 — Femme assise sur des ruines. Elle est appuyée sur une lyre; près d'elle une palette, des pinceaux et un portefeuille. Jolie miniature.

96 — Deux miniatures. Portraits de peintres, dont celui de Girardet, maître de Dumont.

97 — Quatre portraits de femmes et deux d'hommes. Cet article sera divisé.

98 — Trois miniatures. Portraits d'hommes, dont celui de La Fontaine.

99 — Un cadre contenant douze miniatures, posées sur un fond en velours.

100 — Un cadre contenant quatre miniatures.

101 — Henri IV, Louis XVIII, Madame d'Angoulême et autres personnages, fragments d'un tableau allégorique représentant Louis XVIII

recevant de Henri IV la couronne de saint
Louis, provenant des Tuileries.

102 — Une tabatière avec portrait de femme.

103 — Une autre tabatière. Deux portraits d'enfants.

Dessins.

104 — **Barabant**. Les promeros et les guepiers,
les couroulous et oiseaux de Paradis. Cin-
quante-un dessins à l'aquarelle.

105 — Diverses fleurs. Vingt-quatre dessins à l'aquarelle.

106 — Divers dessins coloriés de coquilles.

107 — **Barabant**. Dessins coloriés d'histoire naturelle, zoologie.

108 — Du MÊME. Un perroquet. Dessin à l'aquarelle.

109 — **Belloc** (M.), 1839. Fixé, d'après Demarne.

110 — **Bertin**, 1837. Vue en Toscane, sur les bords
de l'Arno. Dessin au crayon.

111 — **Blouet** (Abel), architecte. Ruines du temple
de Némée, entre Argos et Corinthe. Des-
sin à la sépia.

112 — Du MÊME. 1830. Fragments antiques de diverses parties de la Grèce, dessinés à la
sépia. Titre pour le frontispice de l'ouvrage *la Morée*.

113 — **Campan**. Dessin d'armoirie. Aquarelle.

114 — **Carrache** (Annibal). Un dessin à la plume au bistre. Composition d'un tableau de la galerie Orsinie.

115 — **Choris** (Louis). Vues aux îles Sandwich et Radack. Trois dessins coloriés.

116 — **Cochin**. Croquis au crayon. Compositions de vignettes pour divers ouvrages. Deux cents pièces environ.

117 — **Cortot**. Bas-relief. Dessin à la plume pour un fronton.

118 — **David**, 1786. Pâris et Hélène. Beau dessin à la plume, lavé à l'encre de Chine. Du tableau qui se voit au musée du Louvre.

119 — Du même. Caracalla tuant son frère sous les yeux de sa mère Julia. Dessin lavé à l'encre de Chine.

120 — Du même. L'ombre de Sévère reproche à Caligula le meurtre de Geta. Dessin lavé à l'encre de Chine, sur papier de couleur.

121 — Du même. Un dessin à la plume. Etude pour un tableau.

122 — Du même. Etude de la mère et des sœurs des Horaces. Dessin lavé à l'encre de Chine, pour le tableau des Horaces.

123 — Du même. La tête du pape Pie VII. Dessin à la plume, derrière un croquis au crayon et de l'écriture de David.

124 — Du même. Croquis du serment du Jeu-de-Paume. Au verso, une figure. Dessin au crayon.

125 — **Dagnan**. Paysage à l'aquarelle.

126 — Du même. Un dessin.

127 — Du même. Vue prise derrière l'Archevêché. Dessin au crayon.

128 — **Delaval**. Minerve. Dessin en camaïeu.

129 — **Drouais**. Tiberius Grachus, Rome, 1787. Beau dessin lavé à l'encre de Chine.

130 — **Dufresne** (Mademoiselle Pauline). Mollusques. Deux aquarelles.

131 — De la même. Grappes de raisins. Deux dessins à l'aquarelle.

132 — De la même. Deux médaillons. Bouquets de fleurs. Aquarelles.

133 — De la même. Un bouquet de fleurs et oiseaux. Jolie aquarelle.

134 — De la même. Bouquet de lys et de roses. Aquarelle.

135 — De la même. Roses. Aquarelle, en 1815.

136 — **Dumont**, 1791. Marie-Antoinette représentée en pied. Dessin au crayon. Ce dessin a été gravé par A. Tardieu.

137 — Du même. Une tête de femme. Dessin à plusieurs crayons.

138 — Du même. Tête de jeune fille. Dessin à plusieurs crayons.

139 — **Fragonard**. Bélisaire. Dessin composé et dessiné par Fragonard à l'âge de douze ans.

140 — Du même. Jeune fille à genoux devant une corbeille de fleurs. Dessin très terminé au crayon et à l'estompe.

141 — **Granet,** 1846. Intérieur de catacombes à Rome. Dessin à l'aquarelle. On lit : « *Donné à son confrère Dumont, 1841.*

142 — **Ganeray** (Louis). Marine. Deux dessins à l'aquarelle.

143 — **Ingres** (d'après M.). Portrait de M. Forster, graveur, membre de l'institut. Dessin au crayon.

144 — **Huet,** 1787. Moutons et chiens. Dessin colorié.

145 — **Lemay** (Olivier). Deux dessins. Paysages.

146 — **Leroux**. Femme au bain. Aquarelle.

147 — **Moreau,** 1785. Mort de Caton d'Utique. Dessin à la sépia.

148 — Du même, 1785. Marins à Minturne. Dessin lavé au bistre.

149 — **Moitte,** 1810. Vue de Sainte-Colombe, sur le Rhône.

151 — **Nicole**. Arc de Titus, aquarelle.

152 — Du même. Trois cadres contenant douze petites aquarelles, vues de Paris et vues d'Italie.

153 — **Montfort** (M). Elève de M. H. Horace Vernet Marche d'un convoi d'artillerie, aquarelle.

154 — **Pernot.** Rhense ancienne ville sur les bords du Rhin. Vue du clocher de Villefranche (Aveyron), deux dessins au crayons.

155 — **Prêtre.** Insectes et papillons, deux aquarelles.

156 — **Storelli.** Paysage aquarelle.

157 — **Régnier** (M). Entrée d'un vieux château. Autre vue. Deux dessins à la sépia.

158 — **Revoil.** Malvina, dessin lavé au bistre, mêlé d'encre de Chine.

159 — **Rigaud** (JEAN). Vue de la petite ville de Martigues en Provence, très-beau dessin à la plume.

160 — **Thenot** (M). Dessin à la sépia.

161 — **Turpin de Crissé** (M. le comte). Vue d'une église de France, dessin à la sépia, en 1823.

162 — **Turet,** 1828. Intérieur d'église, aquarelle.

163 — **Van Spandonck.** Bouquet de fleurs, médaillon à l'aquarelle.

164 — **Valayer Coster.** Bouquet de fleurs, aquarelle.

165 — **Vernet** (attribué à). Vue du temple de la Sibylle à Tivoli, aquarelle.

166 — **Vernet** (Horace). Napoléon en pied vu par le dos, il donne des ordres à un chasseur à cheval, dessin à la plume et au bistre.

167 — **Vincent.** Renaud et Armide, dessin à la plume.

168 — **Vauzelle**. Vue de Rome, aquarelle.

DIVERS DESSINS.

169 — Dessins à la sanguine des pierres gravées du cabinet du roi, par Edme Bouchardon ; 80 pièces pour le tome II.

170 — Treize croquis à la plume par des membres de l'institut, section des Beaux-Arts, MM. Heim. Horace Vernet, etc.

171 — Vingt-cinq dessins, par Carle et M. Horace Vernet et Moreau.

172 — Dix huit dessins, plusieurs par Nicolle, Van-Spendonck, Huet, Dagnan, Ecbard, Sue-bac, etc.

173 — Trente-six dessins divers à la sanguine, étu-des d'animaux.

174 — Quinze dessins sur des cartes de visites, cro-quis, esquisse.

175 — Quinze dessins à l'aquarelle, caricatures.

176 — Cent cinquante deux oiseaux dessinés à l'aquarelle pour un Buffon.

177 — Dessins faits en Chine, reptiles, oiseaux, poissons. Dix pièces.

178 — Peinture chinoise sur verre, trois pièces.

179 — Grotte balsamique, dessin à l'aquarelle. Paysage à la gouache.

180 — Un dessin de la fiancée juive d'après Rem-brandt. Portrait d'homme, dessin à l'encre de Chine.

181 — **Inconnu moderne.** Chemin dans une forêt, aquarelle.

182 — Charge d'un maréchal de France, dessin au crayon et lavé.

183 — Deux portefeuilles de dessins, croquis et études académiques.

Estampes encadrées & en feuilles.

184 — **Bervic.** Laocoon d'après l'antique, épreuve avant la lettre d'artiste, seulement le nom de Bervic tracé à la pointe.

185 — DU MÊME. L'innocence, d'après Mérimée, épreuve avant la lettre et avant le camée de l'ancienne société des amis des arts fondée par de Vailly.

186 — DU MÊME. L'enlèvement de Déjanire et l'éducation d'Achille, d'après le Guide et Regnault, épreuves avant la lettre, la Déjanire avant l'enregistrement.

187 — **Blanchard.** Murillo, épreuve avant la lettre, pap. de Chine.

188 — DU MÊME. Portrait de M. Huot, architecte, d'après Drolling.

189 — DU MÊME. L'entrée de Henri IV dans Paris, d'après Gérard, et le serment des Horaces, d'après David, épr. avant la lettre, papier de Chine. Les révoltés du Caire, d'après Girodet, par Pigeot. Trois pièces.

190 — **Calamatta** (M.) Portrait de M. Ingres.

191 — Vœu de Louis XIII, d'après M. Ingres, épr. avant la lettre.

192 — **Caron** (Toussaint). Le Lévite d'Ephraïm, d'après M. Couder, épr. avant toute lettre, papier de Chine.

193 — **Desnoyers**. La foi, l'espérance et la charité, d'après Raphaël, épreuves avant la lettre. Rares.

194 — Du même. La Vierge au donataire dite de Foligno, d'après Raphaël, épr. avant la lettre.

195 — Du même. La belle jardinière de Florence, d'après Raphaël, avant la lettre.

196 — Du même. La transfiguration, d'après Raphaël, épreuve avec la lettre grise.

197 — Du même. Sainte-Marguerite, d'après Raphaël, épreuve avec la lettre grise.

198 — **Dien**. Les Sibylles, d'après Raphaël, épr. avant la lettre, sur papier de Chine.

199 — Du même. Le Tasse à Saint-Onofrio, d'après M. Robert Fleury, épreuve avant la lettre sur pap. de Chine.

200 — Du même. La Sainte-Cécile, d'après le Dominiquin, la Vierge et l'enfant Jésus, d'après Louis Carrache.

201 — Du même. Galilée, d'après Laurent.

202 — Du même. M. Galteaux père, d'après M. Ingres.

2

203 — **Dupont** (M. Henriquel). Portrait de Louis-Philippe, d'après Gérard.

204 — **Forster** (M.). La Vierge au bas-relief, d'après Léonard de Vinci. Epreuve avant toute lettre, papier de Chine.

205 — Du même. Vierge à la Légende. Epreuve avant la lettre, papier de Chine.

206 — Du même. La Vierge de la maison d'Orléans, d'après Raphaël. Epreuve avant toute lettre.

207. — Du même. Les Trois Grâces, d'après Raphaël. Belle épreuve sur papier de Chine.

208 — Du même. Raphaël, d'après lui-même. Epreuve avant la lettre, papier de Chine.

209 — Du même. Sainte Cécile, d'après M. Delaroche. Epreuve avant la lettre, papier de Chine.

210 — Du même. Christ en croix, d'après Sébastien del Piombo. Epreuve avant la lettre, papier de Chine.

211 — Du même. Vittoria, reine d'Angleterre, d'après M. Winterhalter. Epreuve avant la lettre, papier de Chine. On lit seulement *Forster, 1846.*

212 — Du même. François I⁰ⁿ et Charles-Quint, gravé d'après Gros. Epreuve avant la lettre, papier de Chine.

213 — Du même. Uranie, d'après Raphaël. Epreuve avant la lettre, papier de Chine.

214 — Du même. Portrait d'Henri IV. Epreuve avant
la lettre.

215 — Du même. Didon, d'après Guérin. Epreuve
sur papier de Chine.

216 — Fortier. Forêt Vierge du Brésil, d'après
M. de Clarac. Epreuve avant la lettre.

217 — Felsing. Christ porté au tombeau, d'après
le tableau de Raphaël, au palais Borghèse.

218 — Fauchery. Joconde, d'après Léonard de
Vinci. Epreuve avant la lettre, papier de
Chine.

219 — Du même. Valentine de Milan, d'après Richard. Epreuve avant la lettre, papier de
Chine.

220 — Girard. Richelieu et Mazarin, d'après
M. Paul Delaroche. Epreuves avant la lettre.

221 — Du même. Veuve du soldat, veuve du marin,
deux estampes, d'après Scheffer. Epreuves
avant la lettre, papier de Chine.

222 — Godefroy. Psyché et l'Amour, d'après
Gérard. Epreuve avant la lettre.

223 — Du même. Christ mort, du Carrache. Epreuve
avant la lettre. Ossian, d'après Gérard.
Paysage, d'après Orisonti. Epreuve avant
la lettre.

224 — Jazet (M.). La barrière de Clichy, d'après
M. Horace Vernet.

225 — Du même. Napoléon à Waterloo, d'après Steuben. Epreuve avant la lettre.

226 — **Laugier**. La belle jardinière, d'après Raphaël. Avant la lettre, papier de Chine.

227 — Du même. La peste de Jaffa, d'après Gros. Epreuve avant toute lettre, papier de Chine.

228 — Du même. Psyché enlevée par les Zéphyres, d'après Prud'hon. Epreuve avant toute lettre, papier de Chine.

229 — Du même. La Vierge sur les genoux de sainte Anne. Epreuve avant la lettre, papier de Chine.

230 — La même estampe avec la lettre.

231 — Du même. Pygmalion, d'après Girodet. Epreuve avant la lettre, papier de Chine.

232 — **Leroux** (M.). Assomption de la Vierge, d'après Murillo. Epreuve avant la lettre, papier de Chine.

233 — Du même. Vierge de Parme, d'après le Corrège. Epreuve avant la lettre.

234 — Du même. Portrait de Léonard de Vinci. Epreuve avant la lettre, papier de Chine.

235 — Du même. Léda, d'après Léonard de Vinci. Epreuve avant la lettre, papier de Chine.

236 — Du même. Sainte Thérèse, d'après Gérard. Epreuve avant la lettre, papier de Chine.

237 — Du même. Vierge et Enfant-Jésus, d'après

Pinturichio. Epreuve avant toute lettre, papier de Chine.

238 — **Lesnier**. Marc-Antoine, d'après Raphaël. Avant la lettre, papier de Chine.

239 — **Lorichon**. Vierge du palais Pitti, d'après Raphaël. Epreuve avant la lettre.

240 — Du même. La Vierge à la Perle, d'après Raphaël. Epreuve avant la lettre, papier de Chine.

241 — **Lignon**. Portrait de Nicolas Poussin, d'après ce maître. Epreuve avant toute lettre, papier de Chine.

242 — Du même. La Vierge au Poisson, d'après Raphaël. Epreuve avant la lettre, papier de Chine.

243 — **Massard** (Raphaël-Urbain). Les Sabines, d'après David, par Massard. Epreuve avant la lettre, papier de Chine.

244 — **Martinet** (M.). Vierge au Palmier, d'après Raphaël. Epreuve avant la lettre, papier de Chine.

245 — Du même. Vierge à l'Oiseau, d'après Raphaël. Epreuve avant la lettre, papier de Chine.

246 — Du même. Portrait de Rembrandt. Avant la lettre, papier de Chine.

247 — **Muller**. Psyché, d'après Prud'hon. Epreuve avant la lettre.

248 — **Masquelier**. La Vierge du palais Colonne. Epreuve avant la lettre, papier de Chine.

249 — **Morel**. Jugement de Salomon, d'après N. Poussin.

250 — **Prud'hon** (d'après). Zéphyre, par M. Laugier. Psyché, par M. Muller. La Justice divine, par M. Gelée. Epreuves avant la lettre, papier de Chine. Trois estampes, trois articles.

251 — · **Pelée**. Mort du président Duranty, d'après M. Delaroche. Epreuve avant la lettre, papier de Chine.

252 — **Pradier** (M.). Jésus donnant les clefs à saint Pierre, d'après M. Ingres. Epreuve avant la lettre.

253 — Du même. Virgile lisant son Enéide, d'après M. Ingres. Epreuve avant la lettre.

254 — Du même. Raphaël et la Fornarina, d'après M. Ingres. Epreuve avant la lettre, papier de Chine.

255 — **Porporati**. Le Coucher, d'après C. Vanloo. Epreuve avant la lettre.

256 — **Richomme**. Henri IV et ses enfants, d'après M. Ingres. Epreuve avant la lettre.

257 — Du même. Daphnis et Chloé, d'après Gérard. Epreuve avant la lettre, papier de Chine.

258 — Du même. Thétis portant l'armure d'Achille, d'après Gérard. Epreuve avant la lettre.

259 — Du même. Vierge au Livre, d'après Raphaël. Epreuve avant la lettre, papier de Chine.

260 — Du même, 1840. Portrait de Marc-Antoine, graveur, d'après Raphaël. Epreuve avant la lettre.

261 — Du même. Napoléon, d'après Gérard. Epreuve avant la lettre, papier de Chine.

262 — **Rollet.** La mort de Louis XI, gravé en manière noire, d'après Gosse. Epreuve avant la lettre.

263 — **Tardieu.** Saint Jérôme, d'après le Dominiquin.

264 — Du même. Ruth et Booz, d'après M. Hersent.

265 — Du même. Marie-Antoinette, d'après Dumont. Epreuve avant la lettre.

266 — Du même. Le comte d'Arundell, d'après Van Dyck. Epreuve d'artiste, avec le titre en lettres anglaises.

267 — **Sudre.** La chapelle Sixtine, lithographie, d'après M. Ingres.

268 — Du même. Persée et Andromaque, d'après M. Ingres. Epreuve avant la lettre, papier de Chine.

269 — **Vallot** (M.). Bataille des Pyramides, d'après Gros. Epreuve avant la lettre, papier de Chine.

Estampes diverses.

270 — Sapho, d'après Gros. Mort de Las Cases. La dame de charité. Leçon d'Henri IV.

Louis XIV bénissant son petit-fils. Cinq estampes de la Société des arts.

271 — Rebecca, d'après M. Coigniet. Epreuve avant la lettre.

272 — L'Arioste et les Moines rançonnés, d'après Mauzaisse et Robert Fleury, par Ruhière et Touvenain. Epreuve avant la lettre.

273 — Les deux mêmes avec la lettre.

274 — Enterrement à Rome, d'après Léopold Robert, et divers sujets, d'après M. Horace Vernet. Quatre pièces gravées en manière noire.

275 — Dix-huit estampes, d'après des peintres modernes, de la galerie du Luxembourg. Sixte-Quint, d'après Schnetz, etc.

276 — Divers sujets gravés à la manière noire, d'après Goyet, Gosse, etc., etc., par *Gérard* et *Rollet*.

277 — Dix-sept estampes, grand prix de gravure.

278 — Six paysages gravés par MM. Ransonette, Aubert, Lemaître, etc., d'après Michallon, M. Turpin de Crissé, etc.

Diverses espèces de chasses d'animaux, gravées et coloriées.

Molière par Fiquet, Rubens, les Amazones, Van Dyck, portrait, l'Atila, d'après Raphaël, Socrate en petit, etc. Cinq pièces.

279 — **Nyon** jeune. Quatre paysages gravés d'après ses dessins.

280 — Cathédrale de Strasbourg (sa hauteur est de
490 pieds), gravée par *Oberthier*, en 1818.
Eglise de Nantes.

281 — Le plus ancien plan de Paris exécuté en tapis-
serie, gravé par Mlle C. Naudet, en 1818,
colorié, et deux plans de Paris moderne.

282 — Vues des ruines de Palmyre, d'après Casas.

283 — Napoléon par Massard, Lamartine, Cuvier, etc.
Quatre portraits gravés et lithographiés, et
le duc d'Orléans gravé en bois par Hebert.

284 — Divers portraits gravés en manière noire,
portraits d'artistes, pièces détachées de la
galerie Aguado.

285 — Louis-Philippe, gravé par Bein, d'après Jean
Guérin et Baltard. Epreuve avant la lettre,
papier de Chine.

286 — Onze portraits gravés de divers personnages,
Napoléon, Arago, Billiard, Dubois, etc.

287 — Quatre-vingts vignettes et portraits pour divers ouvrages.

288 — Les loges de Raphaël au Vatican, gravés par
Chaperon, in-fol., cart.

289 — Deux vol. in-4 et in-fol., contenant des portraits, vignettes, des cathédrales, eaux-
fortes de Pillement, et diverses estampes
collées.

290 — Six portefeuilles contenant des estampes d'artistes de tous genres. Ce numéro sera divisé.

290 *bis* — Jugement Dernier de Michel-Ange, lithographié par Guillemot. *Paris*, 1828, in-fol. cart.

291 — Fleurs de Baptiste Monnoyer. Animaux de Berghem, Ridinger et Oudry. Eaux-fortes du voyage de Naples et Sicile, de Saint-Non, etc. Cet article sera divisé.

292 — Sites du Dauphiné, lithographiés par Dagnan. *Paris*, 1828, 40 pl.

293 — Six lithographies sujets de genre, d'après des tableaux de peintres belges vivants.

294 — Musée moderne des artistes belges contemporains, lithographié par Lauters. *Bruxelles*, 8 liv. in-4, fig. sur papier de Chine.

295 — Les Amours des Dieux, recueil de composition dessiné par Girodet, lithographié par ses élèves. *Paris, Engelman*, in-fol., fig. (16) en liv.

296 — Onze lithographies d'après des peintres modernes, MM. Boehm, Signol, Riedel, Gérard, etc.

297 — Deux cents lithographies par Horace Vernet, Charlet, divers portraits et sujets de tous genres. Cet article sera divisé.

298 — Album contenant des vues d'Amérique par Milbert, diverses vues par Bertin et Monthelier, vues de France par Dagnan, in-fol. d.-rel.

299 — Vingt-cinq pièces détachées de l'ouvrage de
M. Dusomerard, les arts au moyen-age.

300 — Les Métamorphoses, par Grandville, 71 pl.
col., in-4 obl., d.-rel.

301 — Boîtes aux lettres et diverses autres caricatures, par Daumier et Philipon, 1 vol. in-4,
d.-rel.

302 — Les Débardeurs, par Gavarni, 66 pl. col.,
in-4, d.-rel.

303 — Robert-Macaire, par Philipon, 100 pl. col.,
in-4, d.-rel.

Grands Ouvrages à figures, Voyages pittoresques, Architecture, Sculptures, Peintures, etc.

304 — Atlas universel, par H. Duval, 1835, pet.
in-fol.

305 — Voyage autour du monde, fait par ordre du
roi, sur les corvettes l'Uranie et la Physi-
cienne, pendant les années 1817 à 1820,
par Freycinet. *Paris, Pillet, 1824*, 3 vol.
in-fol. pour l'atlas, et 6 vol. in-4, d.-rel.

306 — Voyage autour du monde, exécuté par ordre
du roi, dans les années 1822 à 1825, par
Duperrey. *Paris, A. Bertrand, 1826*. Partie historique, 15 liv. in-fol. Botanique,
15 liv. in-fol. Zoologique, 28 liv. in-fol.
Description, 2 vol. in-4.

307 — Voyage autour du monde, exécuté pendant les années 1836-37, sur la corvette la Bonite. *Paris, A. Bertrand*, partie historique, 14 liv. de l'atlas.

308 — Voyage en Islande et au Groënland, pendant les années 1835 à 1836, sur la corvette la Recherche, etc., publié sous la direction de M. Paul Gaimard. *Paris, Bertrand*, 34 liv. in-fol. et 9 liv. in-8 de texte.

309 — Voyage à Méroé et au fleuve Blanc, au delà de Fazogl, dans les années 1819-1822 par Cailliaud. *Paris, Imp. roy.*, 4 vol. in-8, bas. et atlas in-fol., d.-rel.

310 — Voyage à l'Oasis de Thèbes, par Cailliaud. *Paris, Imp. roy.*, 1821, in-fol., fig., pap. vél.

311 — Voyages aux Indes-Orientales, en 1825 et 1829, par Ch. Bellangé. *Paris, A. Bertrand*, 9 liv. in-4.

312 — Voyage en Egypte et en Nubie, et lieux circonvoisins, depuis 1805 à 1827, par Riffaud, in-fol., d.-rel.

313 — Découverte dans la Troade, dissertations sur les monuments de Troie, etc., par Mauduit. *Paris, Didot*, 1840, in-4, d.-rel.

314 — Excursion à Madère, par Bowdich. *Londres*, 1825, in-4. Mammifères, 7 liv. Histoire des poissons, pl. 1 à 8.

315 — Voyage au Japon en 1823, par de Siebold, édition française. *Paris, Bertrand*, 6 liv. in-fol., 1 liv. in-8 de texte.

316 — Voyage au Brésil, dans les années 1815 à 1817, par le prince Maximilien de Vied-Neuvied, traduit de l'allemand par Eyriès. *Paris*, 1822, in-fol., d.-rel.

317 — Voyage pittoresque et historique au Brésil, depuis 1816 à 1831, par J.-B. Debret. *Paris, Didot*, 1835, 3 vol. gr. in-fol.

318 — Voyage pittoresque dans la régence d'Alger, en 1833, et lith. par E. Lessore et W. Wyld. *Paris, Motte*, 1835, in-fol., d.-rel., 50 pl.

319 — Chute du Niagara, par Blouet, in-fol., pl. lith.

320 — Voyage dans la Macédoine, par Consinery. *Paris, Imp. roy.*, 1831, in-4, d.-rel.

321 — La Grèce, vues pittoresques et topographiques, dessinées par le baron Stakelberg.

322 — Voyage pittoresque en Espagne, par le comte Alexandre de la Borde. *Paris, Didot*, le 2e vol. seul.

323 — Voyage pittoresque en Espagne, en Portugal et sur la côte d'Afrique de Tanger à Tetouan, par Taylor. *Paris*, 1832, in-4, 3 vol. d.-rel., 2 de pl. 1 de texte.

324 — Vues des anciens châteaux d'Angleterre et du pays de Galles, par Woolnoth et W. Tom-

bleson. *Londres*, 1823, 12 liv. in-8, fig.
avec description en anglais.

325 — Vues pittoresques de l'Ecosse, dessiné d'après
nature par Pernot, illustré par Bonnington,
David, Deroy, Harding, Vilneuve, etc.,
avec texte par Pichot. *Paris*, 1826, in-4,
fig. sur pap. de Chine.

326 — La Villa Pia au Vatican, par Bouchet, avec
description par Raoul Rochette. *Paris*,
1837, In-fol., fig., cart.

327 — Villa Médicis mesurée, dessinée et gravée
par Baltard, in-fol., pap. vel. d.-rel.

328 — Recueil de vues de monuments de Rome,
dessiné et gravé par Baltard. *Paris*, 1822,
in-4, cart., 48 pl.

329 — Voyage pittoresque dans le grand duché de
Bade, par le baron de Mortemart, 4 li-
vraisons.

330 — Journal d'un voyage en Savoie. In-4, cart.,
pl. lithographiée.

331 — Atlas national et topographique de la France
départementale. *Paris*, an IV de la République, in-fol. d.-rel.

332 — Souvenirs de la Touraine, par Noël. *Paris*,
Le Blanc, 1824, in-4, fig., cart.

333 — Vues de l'abbaye de Saint-Bertin, par Vallet.
In-fol. d.-rel. plan colorié.

334 — Côtes de Normandie, publiés par Osterwald.
In-fol., fig., cart.

335 — Vues des bords de la Loire, par Dagnan. Planches lithographiées et sur papier de Chine.

336 — Habitations des personnages les plus célèbres de France depuis 1790 jusqu'à nos jours, dessinées par A. Régnier et Et. Chapuy. In-fol. obl., d.-rel., pap. de Chine.

337 — Sites et monuments du département de l'Aveyron, par Pernot et Coigniet, avec texte par Caron. In-fol. d.-rel.

338 — Souvenirs pittoresques du Poitou et de l'Anjou, par Noël. *Paris*, 1828, in-4.

339 — Vues et plans du jardin du Roi pour orner le texte français de M. Deleuze. Petit in-fol.

340 — Vues de l'île Barbe à Lyon, état actuel de l'Arc d'Orange, 1839. Etudes de maison à Lisieux. Histoire du siége d'Orléans, etc. 4 livr. in-fol. et in-4.

341 — Types de chaque famille et des principaux genres de plantes croissant spontanément en France, par Plée. *Paris*, *Baillière*, 1844, in-4 en livraison.

342 — La ménagerie d'histoire naturelle ou les animaux vivants peints d'après nature, par Maréchal. *Paris*, 1801, in-fol. cart.

343 — Collection de mammifères du muséum d'histoire naturelle, dessinés d'après nature, par Huet. *Paris*, 1808, in-4, fig. cart.

344 — Médailles sur les principaux événements du règne de Louis XIV avec explication. *Paris, impr. royale*, 1723, in-fol. mar. r. (*Aux armes*).

345 — Paléographie universelle. Collection de fac-simile d'écritures de tous les peuples et de tous les temps, dessinés et peints sur les lieux mêmes, par M. Silvestre, et accompagnés d'explications historiques et descriptives par MM. Champolion-Figeac et Champolion fils. *Paris, Didot*, 1839-41, 4 vol. gr. in-fol. max., pap. vél. d.-rel. très-bel ouvrage.

346 — Album de marin par Caussé, capitaine de frégate. In-4 obl., pl. lithog.

347 — Collection des costumes, armes et meubles pour servir à l'histoire de France depuis le commencement du ve siècle jusqu'à nos jours, par le comte de Viel-Castel. *Paris*, 1827, 3 vol. petit in-fol. dem.-rel., fig. coloriées.

348 — Tableaux de la Révolution française. *Paris, Auber*, 1798, 2 vol. in-fol., v. r., fil. Les portraits manquent.

349 — Costumes des nations du Levant représentés en cent planches. *Paris*, in-fol. v.

350 — Panorama de la translation des cendres de Napoléon. In-fol. cart.

351 — Album typographique exécuté à l'occasion du Jubilé européen de l'invention de l'imprimerie. *Paris*, 1840, in-fol. cart., planches coloriées.

352 — Histoire et chronique du petit Jehan de Saintré et de la jeune dame des belles cousines, collationné sur les manuscrits de la bibliothèque du Roi. *Paris, Didot*, 1830, in-8, fig. coloriées, mar. bl. tr. dor.

353 — Monuments funéraires choisis dans les cimetières de Paris et des villes de France, dessinés et gravés par Lenormand. *Paris*, 1832, 72 pl. in-fol. cart.

354 — Une journée du jeune exilé, souvenir des Highlands, par d'Hardiviller, en 1832. In-4, pap. de Chine, en livr.

355 — Campagne du Luxor, monuments de victimes de Quiberon.

356 — Album de la chronique. *Paris*, 1845, 4 livr. in-fol.

357 — Architecture du ve au xviie siècle et les arts qui en dépendent, la sculpture, la peinture murale, la peinture sur verre, la mosaïque, la ferronnerie, etc., publié par Gailhabaut. *Paris, Baudry*, in-4, 81 livr.

358 — Les dix livres de Vitruve avec les notes par Perraut, revu et corrigé par A. Tardieu et Coussin fils. *Paris*, 1837, in 4, fig. br.

359 — Monuments et ouvrages d'art restitués, d'après les descriptions des écrivains grecs et latins, accompagnés de dissertations archéologiques, par M. Quatremère de Quincy. *Paris, Renouard,* 2 tomes en 1 vol. gr. in-4 cart.

360 — Grands prix d'architecture ou projets couronnés par l'académie des beaux-arts de France, publié par Vaudoyer et Baltard. *Paris,* 1818, 2 tomes en 1 vol. in-fol. dem.-rel.

361 — Essai historique sur le pont de Rialto, par Rondelet. *Paris,* 1836, in-4, cart., fig.

162 — Architectonographie des prisons, par Baltard. *Paris, l'auteur,* 1829, petit in-fol., cart.

363 — Collection de dessins, d'ornements, composé, dessiné et gravé par J. Petit. In-fol. cart. cent planches au trait.

364 — Musée des monuments français, par Biet. *Paris,* 1821, in-fol., d.-rel.

365 — Arc de triomphe des Tuileries érigé en 1806, d'après les dessins et sous la direction de Percier et Fontaine, dessiné, gravé et publié par Le Normand. In-fol., d.-rel.

366 — Plans, coupes, élevations et détails de la restauration de la Chambre des députés et de ses dépendances, par Jules de Joly. *Paris,* 1840, gr. in-fol.

367 — Sacre et couronnement de l'empereur Napoléon, par Percier et Fontaine. *Paris*, 1807, gr. in-fol., fig., pap. vél.

Fêtes pour le mariage de l'empereur Napoléon et l'impératrice Marie-Louise, par Percier et Fontaine. *Paris*, 1810, grand in-fol., d.-rel.

368 — Peintures égyptiennes. 62 pl. col., in-4, d.-rel.

369 — Expédition scientifique en Morée, entreprise et publiée par ordre du Gouvernement français : architecture, sculpture, inscription et vues du Peloponèse, des Cyclades et de l'Attique ; mesurées, dessinées et publiées par Abel Blouet. *Paris, Didot*, 1831-39, 3 vol. gr. in-fol., d.-rel.

370 — Architecture du monument ou Caire, mesurée, dessinée de 1818 à 1825 par Pascal Coste. *Paris*, 1839, in-fol. d.-rel.

371 — Restitution du temple d'Empedocle à Selinonte, ou l'architecture Polychrone chez les Grecs, par Hilterff. 1 vol. in-4 de texte et atlas de 24 pl. color., d.-rel.

372 — Monuments anciens et modernes de l'Indoustan, par Langlès. *Paris*, 1821, 2 vol. petit in-fol. cart.

273 — Traité complet de la peinture, par M. de Montabert. *Paris, Bossange*, 1829, 9 vol. in-8 et atlas in-4, d.-rel.

374 — Monuments des arts du dessin chez les Peuples, tant anciens que modernes, recueillis par le baron Denon pour servir à l'histoire des Arts. *Paris, Didot*, 1829, 4 vol. in-fol., d.-rel.

375 — Galerie des peintres, ou collection de portraits, biographies et dessins des peintres de toutes les écoles, par MM. Chabert et Franquinet. *Paris, Didot*, 1822, 3 vol. gr. in-fol., d.-rel.

376 — Histoire des peintres de toutes les écoles, depuis la renaissance jusqu'à nos jours, par Charles Le Blanc. *Paris*, Renouard, in-4, 89 liv.

377 — Nouveau cours complet et raisonné de dessin linéaire. *Paris*, Hocquart, in-4.

378 — Cours méthodique du dessin et de la peinture, par Delaistre. *Paris*, 1852, in-4.

379 — Cours complet de lithographie, par Thenot. *Paris*, 1837, in-4.

380 — Beautés de la sainte Bible, illustré d'après les grands maîtres, avec des réflexions morales, par M. l'abbé C.-M. Le Guillon. *Paris*, Fisher, 2 vol. in-fol. dem.-rel., Anc. et Nouveau-Testament.

381 — Galerie de Lesueur, ou principaux traits de la vie de saint Bruno, dessinés et gravés par Malbeste. *Paris*, Didot, 1825, in-4, d.-rel.

382 — Recueil d'estampes gravées d'après les peintures antiques italiennes, par M. Desnoyers.
Paris, Didot, 1821, pap. vélin, lettres
grises.

383 — Appendice à l'ouvrage intitulé de la vie et
des ouvrages de Raphaël, par M. Quatremère de Quincy, accompagné de rensei-
gnements sur divers artistes, par M. Bou-
chers-Desnoyers. *Paris*, 1852, in-4, cart.

384 — Anacréon, Sapho, Bion et Moschus, recueil
de compositions, dessiné par Girodet et
gravé par Chatillon. *Paris*, Chaillou, 1825-
1829, 1 vol. gr. in-4, dem.-rel., fig. sur
pap. de Chine.

385 — L'Énéide et les Géorgiques, compositions de
Girodet, lithographiées par ses élèves. *Paris*, in-fol. d.-rel.

386 — P.-P. Rubens, par Ernest Buschman, publié
par la Société royale d'Anvers. 1840,
in-fol., pl. au trait.

387 — OEuvre de J.-A. Ingres, membre de l'Institut, gravé au trait par Réveil, 1806 à
1851. *Paris*, Didot, 1851, in-4, cart.

388 — Chapelle Saint-Ferdinand, publié avec l'au-
torisation de S. M. la reine, par P. Sudre.
Paris, de Claye, 1846, in-fol., fig. col.,
d'après M. Ingres, d.-rel., chiffre de la
reine.

389. — Fables de La Fontaine, recueil de croquis composé et dessiné par Seurre aîné, statuaire, lithographié par V. Adam. *Paris,* Bance, 1839, in-fol. obl., gr. pl., d.-rel.

390 — Anatomie du cheval, par Brunot, pl. lith. par Ch. Aubry, in-fol. cart.

391 — Annales de l'école moderne des beaux arts, par Landon. Salon de 1824, et 2 vol. école italienne, ' vol. in 8, fig. cart.

OBJETS DE CURIOSITÉ.

Statuettes en bronze, Buste en marbre, Statuette en plâtre, etc.

392 — Boîtes à couleurs, chevalets, etc.

393 — Bois d cccrf, gravé.

394 — Vénus à la coquille, statuette par Pradier.

395 — Homère et Raphaël par Lastic, deux plâtres sur socle et cylindre.

396 — Napoléon, statue équestre, plâtre sous cylindre.

397 — Odalisque, statuette en plâtre, de Pradier.

398 — Trois statuettes, d'après Pradier et Duret.

399 — **Cortot.** Daphnis et Chloé, ébauche en terre.

400 — Un cartel en marqueterie.

401 — Un miroir de Venise, bisauté, cadre, ornements estampés.

402 — Quatre cadres, contenant des insectes et des
papillons conservés.

403 — Deux mosaïques de forme ronde.

404 — Une mosaïque en marbre blanc, au milieu
une lyre.

405 — Deux coupes en spath fluor.

406 — Sculpture en bois, petit médaillon.

407 — Un rouet et un dévidoire en ivoire.

408 — Coupe en marbre vert serpentin.

409 — Deux coupes en bronze, style renaissance.

410 — Statuette en bronze d'Hercule Telephes.

411 — Statuette en bronze d'une jeune femme se
parant de ses bijoux.

412 — Statuette en bronze d'une baigneuse.

413 — Tête en bronze de Louis-Philippe.

414 — Petite statuette de Louis XIV, en bronze
doré.

415 — Claude le Lorrain, peintre, buste en marbre
par Jules Laurent.

416 — **Gérard**, sculpteur. Trois bas-reliefs en
terre cuite, dont un pour le Louvre.

417 — Andromaque, modèle en terre.

418 — Statuettes de Pradier, Dantan, etc. 40 pièces
environ en plâtre.

419 — Cerf aux abois, groupe en plâtre, sur socle et
cylindre.

420 — Mort de Clorinde et Tancrède, groupe en
biscuit sur socle et cylindre.

421 — Empereurs romains, deux petits bustes en
biscuit.

Médailles et Monnaies françaises et étrangères.

422 — Vingt et une pièces de monnaies des règnes
de Charles V, Charles VII, denier Parisis,
Charles VIII, Louis XI, Louis XII, un blanc
de François Iᵉʳ, Richard Cœur-de-Lion,
Conrad, roi; saint Martin, évêque de
Tours; duc de Bretagne, comte de Flan-
dre, etc.

423 — Blancs et testons des règnes de Charles IX,
Henri II, Henri III, et autres rois de
France. 17 pièces en argent.

424 — Écus de Louis XV, 1768, 1771, 1774; écus
de Louis XVI, 1792, 1793; pièces de 30
sous et de 15 sous, dix pièces en argent,
une pièce 12 sous en cuivre.

425 — Monnaies et jetons Louis XIV, Louis XV et
Louis XVI. 28 pièces en argent.

426 — Marie de France, duchesse de Wurtemberg,
médaille d'or, petit module.

427 — Baptême du comte de Paris; médaille de Mariage, de Saint-Michel, sociétés industrielles, Société libre des beaux arts, etc. Six médailles en argent, par MM. Galles, Barre, Montagny et Petit.

428 — Prise d'Anvers, Mariage du duc d'Orléans, Général Lobau, la Statue de Napoléon rétablie, Actions de dévouement, Érection de l'Obélisque, l'Arc de triomphe de l'Étoile, Inauguration du Musée de Versailles, Marie de France, duchesse de Wurtemberg, etc. Vingt-deux médailles en argent de divers modules, par MM. Gatteaux, Barre, Caqué, Montagny, Petit, etc.

Ce numéro sera divisé.

429 — Médailles en argent, du règne de Napoléon, son mariage 1810, et le retour de l'île d'Elbe 1815, par Andrieux, et du règne de Louis-Philippe, par MM. Farre, Gatteaux, etc., pour la prise d'Anvers 1832, la pose de la première pierre des Archives, la pose de la première pierre de la maison de Charenton, la reine Vittoria, École des Beaux-Arts, etc. Huit pièces.

Cet article sera divisé.

430 — Deux médailles en argent dans un étui, pour la translation des cendres de Napoléon, et la défense de Mazagran.

Deux médailles en bronze, dans un étui, pour la translation des cendres de Napoléon.

431 — Seize jetons en argent, Banque de France, Cour de cassation, Assurance mutuelle, École des Beaux-Arts, Société philomatique, Académie royale de musique, salon de 1846, etc.

432 — Cinq pièces de monnaies anglaises, schelling et demi-schelling de Georges IV et Vittoria, et deux couronnes de Georges III, 1811 et 1818.

433 — Grégoire XVI, médaille par Girometti, en 1835. Une médaille italienne, 1801.

434 — Emmanuel, roi de Sardaigne, 1819; Ferdinand VI d'Espagne, 1816, 1838; Charles-Albert, 1831; Grégoire XVI, 1831. Cinq pièces en argent.

435 — Cinq lires de Marie-Louise, 1815; cinq lires Murat, 1815; cinq franchi Elisa, duchesse de Toscane; cinq francs Gaule subalpine, Louis, roi de Hollande, 1808.

436 — Monnaies étrangères. George II et III, rois d'Angleterre; François Ier, empereur d'Autriche; Charles III, d'Espagne, etc., etc. Quarante-cinq pièces, argent et bil-

lon, plus une en or de Charles III, d'Espagne.

Cet article sera divisé.

437 — Monnaies étrangères. Charles IV, d'Espagne, 1735; Guillaume, roi de Prusse; Joseph II, etc. Vingt et une pièces en argent.

438 — Monnaies sous Louis XV, pour la plupart, et quelques monnaies étrangères, en argent, billon et cuivre. Vingt et une pièces.

439 — Un essai de monnaie argent, tête de Liberté, une lire de J. Murat, 1812; trois petites médailles Napoléon, empereur, et une du sacre de Charles X. Six pièces en argent.

440 — Napoléon, trois médailles en argent.

441 — Médailles romaines, moyens et petits bronzes, Trajan, Claude, Lucius Verus, Antonin le Pieux, Faustine, etc. Cinquante pièces.

442 — Douzain, tournois, demi-tournois sous Henri II, Henri III, Henri IV, Louis XIII, liards de Louis XIV. Trente-six pièces.

443 — Henri II, médaille dorée, 1552; Henri IV, Louis XIV, 1643, 1672; le dauphin, fils de Louis XIV; Bailleul, 1623; Benserade, 1718; Michel Le Tellier, 1683; médaille dorée Stanislas, roi de Pologne, 1745.

Huit pièces, plus six jetons de Louis XIV, Louis XV, etc.

Cet article sera divisé.

444 — Henri IV et Marie de Médicis, par Dupré.

445 — Christine de Suède, de Thou, Charles II, roi d'Angleterre; Arétin, etc.

446 — Deux Louis XIV, grand module.

447 — Douze médailles en bronze, les trois consuls, Napoléon, consul et empereur, et sa mort.

448 — Cinquante-une médailles de grands et petits modules, événements des règnes de Louis XVIII, Charles X, et sur les ducs de Berry et duchesse de Berry.

Cet article sera divisé.

449 — Médaille de famille de Louis-Philippe, grand module. Cette médaille, qui a été frappée par ordre de ce prince, est rare.

450 — Soixante médailles de grands et petits modules sur les événements du règne de Louis-Philippe, gravées par MM. Gatteaux, Gayrard, Barre, Petit, Depaulis, Bovy, Caunois, Montagny, etc.

Cet article sera divisé.

451 — Trente-deux médailles du règne de Louis-Philippe.

452 — Médailles et jetons, pour des académies, des

entreprises industrielles et particuliè-
res, etc. Trente-sept pièces en bronze.

453 — Hommes célèbres, Rubens, N. Poussin, Ingres, Michallon, Percier, Cortot, Beetho-
ven, Silvestre de Sacy, duc de Trévise,
B. Constant, Cadoudal, Saint-Hilaire, maréchal Lobau, Chiflet, etc., etc. Cinquante-
deux médailles en bronze, grand et moyen
module.

Cet article sera divisé.

454 — Cent-soixante-une médailles des grands hommes, publiées par la Monnaie de Paris.

455 — **Caunois**. Deux médailles et leurs revers,
pour la colonne de juillet. Clichés dorés.

456 — Médaillons, Casimir Perrier, par Barre;
Colbert, par Depaulis; un médaillon au
commerce.

457 — Une médaille en bronze, David, peintre.

458 — Médaillon en bronze du général Lobau.
Médaillon en bronze de M. Affre, archevê-
que de Paris, par M. Gayrard.

459 — Environ cent cinquante médailles en plomb
et clichés des règnes de Napoléon à Louis-
Philippe.

Cet article sera divisé.

460 — Dix-huit médailles en plomb, relatives à Napoléon, général de la République.

461 — Dix-huit médailles en plomb et cliché, relatives à Napoléon Ier, consul et empereur.

462 — Conseil des monuments historiques, Barre, 1840. Médaille en plomb, plus six clichés.

463 — Cent quatre-vingts médailles, jetons et monnaies étrangères au XVIIIe siècle. Cuivre et billon.

464 — Six clichés, Napoléon, Charles X.

465 — Sous de Louis XVI, de la République, des colonies, monnerons, etc. Cent quinze pièces.

Cet article sera divisé.

466 — Un joli médaillier-boîte, en bois des îles, et garni en cuivre à l'extérieur, treize tiroirs.

467 — Tous les articles omis.

Maulde et Renou, Imp. de la Compagnie des Commissaires-Priseurs, rue de Rivoli, 111.   3092

9 782014 071016